AF356002

# ARMORIAL

## DES

# PRÉVÔTS DE PARIS

## (1269-1589)

Extrait d'un manuscrit inédit de **Waignart**, de la fin du **XVI**[e] siècle,
suivi d'une **Note** sur leur origine et leurs fonctions.

PAR

## Le Comte LE CLERC DE BUSSY,

Membre-Administrateur de la Société des Études historiques, etc.

## PARIS


Librairie historique de J.-B. DUMOULIN, Libraire de la Société
des Antiquaires de France
13, Quai des Augustins, 13


## 1877

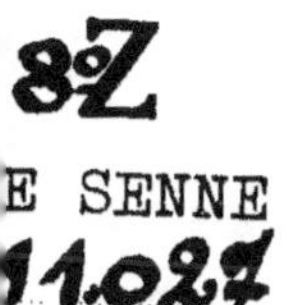


8Z
E SENNE
11.027

# ARMORIAL

## DES

# PRÉVÔTS DE PARIS

## (1269-1589)

**Extrait d'un manuscrit inédit de Waignart, de la fin du XVIᵉ siècle,
suivi d'une Note sur leur origine et leurs fonctions.**

On ne connaissait jusqu'à présent de Waignart, historien et héraldiste abbevillois, que deux manuscrits : le plus important, en cinq gros volumes, est conservé à la bibliothèque d'Abbeville ; le second est à M. Dumoulin, le libraire bien connu du quai des Grands-Augustins, et vient d'être l'objet d'une notice spéciale dans la *Revue historique et nobiliaire* [1].

Celui dont je vais parler appartient à mon excellent ami, M. le comte Adrien de Louvencourt, de Seux ; il forme un volume d'actuellement un frontispice et 96 feuillets ; il en a eu 97, le folio 8 manque aujourd'hui. Il a trente centimètres de hauteur sur vingt de largeur ; il est recouvert d'une peau épaisse de parchemin dont l'un des côtés peut recouvrir l'autre, et au moyen d'une lanière qui y était autrefois fixée, il pouvait être fermé comme un portefeuille après en avoir été entouré une ou deux fois.

La couverture porte les vestiges de plusieurs notes que les anciens propriétaires du manuscrit y avaient écrites pour faire connaître leurs noms et la manière dont il leur était parvenu ;

---

[1] Année 1877, 1ʳᵉ livraison.

elles sont presque entièrement effacées; j'y puis lire encore cependant : « *Dhiermont.....* *de Soru, lieutenant au régiment de Picardie.....* » — « *..... a été acheté.....* (et plus loin je crois :) *Cardonnoy.* » Sur le dernier feuillet, le 97ᵉ, au recto, se trouve cette mention : « le chevalier du Titre a comanssé à servir le roy en 1719, âgé de 13 ans, et finira quan il moura. Fait au Titre, le 15 mars 1719. » Sur la même page et sur la précédente ont été dessinées à la même époque les armes de Charles de Cacheleu, seigneur du Titre [1], et celles dudit chevalier du Titre son fils. Il est évident que le manuscrit a appartenu aux Cacheleu; le chevalier du Titre et son frère aîné étant morts sans avoir été mariés, il sera passé à leur tante Antoinette de Cacheleu, femme d'un Belloy de Cardonnoy; c'est par suite d'alliances qu'il sera venu depuis aux Carpentin et d'eux aux Louvencourt.

Le frontispice représente les armes peintes de France et de Navarre accolées, au-dessous desquelles sont deux branches de laurier et la lettre majuscule II. Les écus sont surmontés de la couronne royale de France et entourés des colliers des Ordres de Saint-Michel et du Saint-Esprit. En bas est l'inscription suivante sur quatre lignes :

> Henri iiiᵉ par la
> Grâce. De. Dieu
> Roy. de. France
> Et. de. Navarre.

La page est encadrée par un double filet noir, fleurdelisé dans les angles.

Au folio 1ᵉʳ commencent les armoiries des rois de France et des princes de la famille royale.

Au folio 3, verso. « *Ensuivent les douzes pairs de France.* »

Au folio 4, verso. « *Ensuivent les noms, surnoms et armoiries des illustres ducs et connétables de France depuis le roy Clotaire Iᵉʳ iusques à présent.* » La liste s'arrête à « messire Henry duc de

---

[1] Près d'Abbeville.

Motmorency, fils second d'Anne, pair et connestable de france lan 1592. »

Au folio 13, verso. « *Ensuivent les noms, surnoms et armoiries des Grands Maistres de France depuis Clotaire 2 iusques à présent, selon le rapport de Jean le Feron.* » Le dernier mentionné est « Messire Charles de Bourbon, comte de Soissons, chevalier des Ordres du Roy, Grandmaistre de France lan 1589. »

Au folio 21, verso. « *Ensuivent les noms, surnoms et armoiries des Admiraux de france, selon Jean le Féron.* »

Au folio 25, verso. « *Ensuivent les noms, surnoms et armoiries des illustres mareschaulx de France.* »

Au folio 36, recto. « *Ensuivent les noms, surnoms et armoiries des chanceliers de France depuis Clotaire 2 iusques à présent.* » Le dernier nommé est « Messire Pompone de Bellièvre, chevalier, seigneur de Grignon, chancelier de France l'an 1602. »

Au folio 42, verso. « *Ensuivent les noms, surnoms et armoiries des Prevots et gardes de la Prévosté de Paris, depuis l'an 1269 iusques à présent.* »

Au folio 49, recto. « *Ensuivent les seigneurs et gentilshommes de Lisle-de-France.* »

Au folio 56, verso. « *Ensuivent les noms, surnoms et armoiries des princes, seigneurs et gentilshommes de Picardie, et principallement de ceulx qui relèvent du comté de Ponthieu.* »

Au folio 72, recto. « *Boulenois.* »

Au folio 76, verso. » *Champaigne.* »

Au folio 78, recto. « *Ensuivent les noms, surnoms et armoiries des maieurs d'Abbeville depuis le 9° juin 1184 que furent expédiées lres (lettres) de Chartre partie du droict de commune aux Bourgois dud. abbé par Guy comte de Ponthieu qu'ils avoient auparavant acquise de Guillaume de Tallevas son ayeul comte de Ponthieu.* »

Au folio 91, recto. « *Ensuivent les armoiries des Bourgois* (sic) *et habitans d'Abbeville.* »

Jusqu'au folio 49, recto, inclusivement, il y a six écussons sur chaque page; à partir du verso de ce folio 49, il y en a neuf.

Dans quelques écussons qui avaient été laissés en blanc par

Waignart, des armoiries ont été depuis dessinées à différentes époques.

Au-dessous des armes se trouve une légende donnant le nom de celui auquel elles appartiennent, et leur description. Ce sont ces légendes que je vais transcrire pour le chapitre des Prévôts et gardes de la Prévôté de Paris, en numérotant chaque blason pour faciliter les recherches.

Il paraît évident que pour les Prévôts de Paris, comme il déclare l'avoir fait pour les grands maîtres et les amiraux, Waignart a dû copier les armoriaux que Jean Le Féron a composés vers 1555 ; pour les *provinces* il a en partie copié *Sécile* [1]. La *seule* partie originale des travaux de Waignart est celle qui concerne son pays natal, Abbeville, le Ponthieu et les lieux les plus voisins. Cette partie, dans le manuscrit de M. de Louvencourt, est assez importante, et j'en ai commencé la publication dans *La Picardie*.


Johannis Guigard, dans sa *Bibliothèque héraldique* [2], a indiqué les ouvrages de Le Féron et de ses continuateurs où se trouve un armorial des Prévôts de Paris.

---

[1] Au moment où cette feuille va être mise sous presse, je viens de recevoir de M. Dumoulin communication d'un quatrième manuscrit *dit* de Waignart. Ce manuscrit doit avoir appartenu à un sieur de Huppy, d'une famille abbevilloise, dont les armes sont magnifiquement peintes sur un des folios où elles se trouvent seules, timbrées d'un casque avec lambrequins.

Le manuscrit commence par un Armorial des premiers gouverneurs de Calais après la reprise de cette ville sur les Anglais, puis vient une copie de Sécile ; enfin il se termine par un Armorial des Chevaliers de la Toison d'Or des sept premiers chapitres, — le septième a été tenu à Mons en 1451, — à la suite duquel sont rapportées plusieurs épitaphes des ducs de Bourgogne et celle de Jacques de Luxembourg, enterré à l'abbaye de Cercamps.

Je me propose de parler prochainement de ce dernier manuscrit et d'un autre qui appartient à M. Tausin, de Saint-Quentin, et qui est également une copie de Sécile. Ces deux manuscrits sont en parfait état, le premier surtout est très-beau ; mais je dois déclarer, après les avoir comparés à ceux dont l'authenticité est certaine, que c'est par erreur qu'on a cru pouvoir les attribuer à Pierre Waignart.

[2] Paris, 1 vol., Dentu, 1861.

### **Ensuivent les noms, surnoms et armoiries des Prevosts et gardes de la Prévosté de Paris, depuis lan 1269 iusques à présent.**

1. Messire Estienne Boileau, fut le premier establý par S^t-Loys et le premier qui receut gaiges du Roy, et paravant se vendoit aux citoyens de la dite ville au plus offrant dont sensuivit grande iniustice. Portoit : *d'azur à la fasce d'argent, à deux estoilles d'or en chef et une gerbe de mesme en poincte liée de gueulles.*

2. Messire Regnauld Barbou, *alias* Bourbout, arragonnois, fut institué garde de la Prevosté de Paris, lan 1270, portoit : *de sable au lyon d'argent armé et lampassé de gueulles, couronné d'or.*

3. Aultrement ledict Barbout portoit : *d'or à la bande de sable.*

4. Messire Oudart de la Neufville, fut institué garde de la Prevosté de Paris l'an 1280. portoit : *d'or fresté de gueulles, chargé d'un lambeau d'azur besanté d'argent.*

5. Messire Gilles de Compiègne fut institué garde de la Prevosté de Paris l'an 1283, portoit : *d'azur à l'escusson d'or.*

6. Messire Pierre Dauneau fut institué garde de la Prevosté de Paris l'an 1287, portoit : *d'or à six bâtons de gueulles.*

7. Messire Jean de Montegny, eschançon du Roy Phillippes le Bel, fut institué garde de la Prevosté de Paris l'an 1290, portoit : *de gueulles à la face d'argent chargé de trois lyons de gueulles.*

8. Messire Jean de Merles fut institué garde de la Prevosté de Paris l'an 1293, portoit : *d'argent à la bande de sable chargée de trois mollettes d'argent.*

9. Messire Guillaume Thiboult, de Berry, fut institué garde de la Prevosté de Paris l'an 1293, portoit : *d'azur à l'estoille à huict poinctes d'or, escartellé d'or à deux pappegaux addossés de synople membrés et becqués de gueulles.*

10. Messire Guillaume de Hangest fut institué garde de la Prevosté de Paris l'an 1295, portoit : *d'or à la croix de gueulles.*

11. Messire Pierre Docy fut institué garde de la Prevosté de Paris l'an 1304, portoit : *d'argent à dix croissants montans de gueulles,* alias *neuf.*

12. Il se trouve en aultre lieu que ledict Docy portoit : *d'argent à cincq croissans de gueulles passés en saultoir* (c'est-à-dire 2, 1 et 2).

13. Messire Jean Ploibault fut institué garde de la Prevosté de Paris l'an 1310, portoit : *d'or à la croix eschiquettée de synopie et d'argent de trois traicts, environnée de quatre lyons léopardés d'azur, armés et lampassés d'argent.* (La peinture les représente armés et lampassés de gueules.)

14. Messire Henri Coquerel, natif de Picardie, fut institué Prevost de Paris l'an 1320, portoit : *d'or escartellé d'azur, à la croix de gueulles engreslée sur tout, à quatre cocquellets de l'un en l'autre.*

15. Messire Gilles Jaquin fut institué garde de la Prevosté de Paris l'an 1321, portoit : *de gueulles à l'aigle d'argent membrée et becquée d'or, sur le tout un baston componé d'hermines et de sable.*

16. Messire Jean Loncle fut institué garde de la Prevosté de Paris l'an 1322, portoit : *d'argent à la clef de gueulles périe* [1] *en pal.*

17. Messire Pierre Janvaulx ou Javaulx fut institué garde de la Prevosté de Paris l'an 1325, portoit : *d'argent à trois cheverons de gueulles à la bordure de mesme.*

18. Messire Hugues de Coursy fut institué garde de la Prevosté de Paris l'an 1327, depuis premier président au Parlement de Paris, portoit : *d'argent à la bande de gueulles engreslée.*

19. Messire Jean de Milon, chevalier, Prevost de Paris l'an 1330, portoit : *d'or à deux faces de gueulles, à l'orle de marlettes de mesme, sur tout* (un écusson) *burellé d'argent et d'azur de 8, au lyon de gueulles* (brochant).

20. Messire Pierre Belagent ou Belaghen fut institué Prevost de Paris l'an 1334, portoit : *d'argent à trois cheverons de gueulles, chargés de neuf besans d'or,* 4, 2, 3.

[1] Ce terme est employé à tort ici.

21. Messire Guillaume Tourmont fut institué Prevost de Paris l'an 1339, portoit : *d'or à la croix de gueulles ancrée, au lambeau d'azur* (brochant).

22. Messire Philippes de Croisy, chevalier, natif de Bourgongne, chancelier de Bourgongne, fut institué Prevost de Paris l'an 1345, portoit : *de gueulles à la croix d'argent.*

23. Messire Alexandre de Crevecœur fut institué Prevost de Paris l'an 1354, portoit : *de gueulles à trois cheverons d'or.*

24. Messire Guillaume Seave, chevalier, fut institué Prevost de Paris l'an 1354, portoit : *d'azur à la croix d'or chargée en cœur d'une cocquille de sable.*

25. Ledict Seave portoit aultrement : *d'argent semé de tourteaux de gueulles.*

26. Messire Jean le Bacle de Meudon, chevalier, fut institué Prevost de Paris l'an 1358, portoit : *d'azur à trois aigles d'or membrés, becqués et couronnés de sable.*

27. Messire Jean Bernier, chevalier, fut institué Prévost de Paris l'an 1361, portoit : *d'or à la bande d'azur chargée de trois croix d'argent ancrées, cotticée de gueulles.* (Accostée de cotices.)

28. Messire Hugues Aubriot fut institué Prevost de Paris l'an 1367, portoit : *de gueulles au cheveron et trois mollettes d'or.*

29. Messire Audouin Chauveron, docteur ès loix, conseiller du Roy nre Sire, fut institué Prevost de Paris l'an 1381, portoit : *d'argent au pal bandé d'or et de sable de six.* (Le dessin représente le pal fascé.)

30. Messire Jean, seigneur de Folleville, chevalier, conseiller du Roy Charles 6, fut institué garde de la Prevosté de Paris l'an 1388, portoit : *de gueules à la croix patté d'argent, à quatre annellets de mesme.*

31. Aultrement ledict de Folleville portoit : *d'or à dix lozenges de gueulles au lambeau d'azur fresté d'argent, ou sans brisure.*

32. Messire Guillaume de Tignonville, chevalier, conseiller et chambellan du Roy Charles 6, fut institué Prevost de Paris l'an 1401, fut cause de la mort du duc d'Orléans, portoit : *de gueulles à dix annellets d'or.*

33. Messire Pierre des Essars, chevalier, conseiller, maistre d'hôtel du Roy Charles 6, fut institué garde de la Prevosté de Paris l'an 1408, portoit : *de gueulles à trois croissans d'or.*

34. Messire Bruneau de Sainct-Cler, chevalier, maistre d'hostel du roi Charles 6, fut institué Prévost de Paris l'an 1410, portoit : *d'azur à la bande d'argent.*

35. Messire Robert de la Heuse, Normant, chevalier, sgr des Ventes, fut institué Prevost de Paris l'an 1412, portoit : *pallé d'or et d'azur de six, au chef de gueulles chargé de trois mollettes d'argent qui sont les armes de Danneval en Normandie.*

36. Messire André Marchant, conseiller du Roy, fut institué Prevost de Paris l'an 1413, portoit : *d'azur à trois cheverons d'or à treize mollettes d'argent, 4, 5, 3, 1.*

37. Messire Tanneguy, chevalier, conseiller, chambellan du Roy Charles 6, fut institué Prévost de Paris l'an 1414, portoit : *d'or à trois faces de gueulles à la bordure contrefacée de mesme.*

38. En aucuns lieux il se trouve lesdictes armes bresées (*brisées*) d'un lambeau d'azur au lieu de bordure, comme l'on voit en l'église S<sup>t</sup>-Denis, en France.

39. Messire Jacques de Villers, seigneur de Lisleadan, fut institué Prevost de Paris l'an 1416, depuis fut mareschal [1].

40. Messire Guy de Bar, chevalier, sgr de Prcelles, fut institué garde de la Prevosté de Paris l'an 1418, portoit : *d'azur à deux bars addossés d'or et semé de croix recroisettées de mesme au piés fiché.*

41. Aucuns tiennent que ledict de Bar portoit : *de gueulles à deux bars addossés d'or.*

42. Messire Jacques de Lambay, escuier, sgr de Partes et de

---

[1] Au chapitre des Armoiries des Maréchaux auquel il est ici renvoyé, il est dit : « Mareschal de France et Prevost de Paris l'an 1418, depuis déposé pour s'estre retiré avec le Duc de Bourgogne, puis restitué par Henry soy disant Roy de France et d'Angleterre, portoit l'ordre de la Toison. Portoit de Villers, escartellé de Neelle, sur tout de Gamache, qui est d'argent au chef d'azur. » — Villers est ici représenté d'or à un chef de gueules chargé d'un dextrochère d'hermines supportant un fanon de même frangé de sinople et brochant sur le tout. — Neelle, de gueules semé de trèfles d'or, à deux bars addossés de même.

Fauveuses en Rethelois, fut institué Prevost de Paris l'an 1418, portoit : *eschicquettée d'or et gueulles, au chef d'azur au lyon issant d'argent.*

43. Messire Gilles, seigneur de Clamecy, fut institué Prevost de Paris l'an 1418, portoit : *de gueulles à deux faces d'or, au cheveron de sable sur tout.*

44. Messire Robert de Montien, fut institué Prevost de Paris l'an 1419, portoit : *d'or au lyon de sable billetté de mesme.*

45. Messire Jean du Maisnil, chevalier, fut institué Prevost de Paris l'an 1420, portoit : *d'argent à l'escusson d'azur, à l'orle de huict marlettes de mesme.* (Il vaut mieux dire : huit merlettes en orle et un écusson en cœur.)

46. Messire Jean de la Baulme, sgr de Walfin, chevalier, fut institué Prevost de Paris l'an 1420, porte : *d'or à la bande vivrée d'azur.*

47. Messire Pierre de Marigny fut institué Prevost de Paris l'an 1421, portoit : *d'azur à deux faces d'argent.*

48. Messire Hugues Restore fut institué Prevost de Paris l'an 1421, portoit : *de gueulles au cheveron d'or et* (accompagné de) *trois estoilles d'argent.* (Ce sont trois molettes qui sont figurées.)

49. Messire Jacques de Luxembourg, comte de Brienne, fut institué Prevost de Paris l'an 1422, portoit, de Luxembourg, (*d'argent au lyon de gueules armé, lampassé et couronné d'or, la queue nouée et passée en sautoir, à la bordure d'azur*).

50. Et depuis led. escartelle *au 1 de Luxembourg, au 2 de Hongrie, au 3 de Cicile, au 4 de Jérusalem, au 5 d'or au lyon de gueulles, au 6 et dernier de Valois.* (*Les armes peintes sont écartelées au premier de Luxembourg plein, au 2 tiercé en pal, le premier fascé d'argent et de gueules de huit pièces qui est de Hongrie, le deuxième semé de France à un lambel d'argent, et le trosième d'argent à une croix potencée d'or cantonnée de quatre craisettes de même, qui est de Jérusalem; le troisième quartier est d'or au lion de gueules et le quatrième de France au bâton d'argent brochant sur le tout, qui est de Valois.*)

51. Messire Pierre Verral, seigneur de Crosne, fut Prevost

do Paris l'an 1421, portoit : *lozengé d'or et de gueulles à la bordure de mesme, escartellé de vair.*

52. Messire Simon de Champ Luisant, Prevost de Paris l'an 1422, portoit : *d'hermines en saultoir de gueulles chargé de cincq estoilles à huict branches d'or.* (Ce sont des coquilles qui sont figurées.)

53. Messire Simon Morhier, chevalier, sgr de Villers, Prevost de Paris l'an 1422, portoit : *de gueulles à la face et* (accompagné de) *six cocquilles d'argent.*

54. Messire Philippes de Trenant et de la Motte de Choisy, Prevost de Paris l'an 1436, portoit : *d'or eschicquetté de gueulles.*

55. Messire Ambroise de Loré, baron Divery, Prevost de Paris l'an 1436, portoit : *de sable au lyon d'argent armé, lampassé et couronné d'or.*

56. Messire Ambroise Detouteville (Destouteville), sgr de Blainville, Prevost de Paris l'an 1446, portoit : *burellé d'argent et de gueulles de dix, au lyon de sable armé, lampassé et accollé d'or, escartellé de Blainville, qui est d'azur à la croix d'argent accompaignée de vingt croix recroisettées d'or.* (Cinq dans chaque canton, posées en sautoir.)

57. Messire Robert de Touteville, sgr de Beinne, Prevost de Paris l'an 1446, portoit : *Detouteville.*

58. Messire Jacques de Villers, sgr de Lisleadan, Prevost de Paris l'an 1461, portoit : *de Villers brisé d'une cornière de sable au premier quanton* (cette brisure n'existe pas dans le dessin) *escartellé de Neelle, sur tout de Gamache* [1].

59. Messire Jacques Detouteville, sgr de Beinne, baron d'Yvery et de St-André en la Marche, Prevost de Paris l'an 1479, portoit : *escartellé au 1 Detouteville, le 2 d'or à trois faces de sable reescartellé de Valois, au 3 de Blainville, au 4 d'or à trois cheverons de gueulles.*

60. Messire Jacques de Colligny, chevalier, sgr de Chastillon sur Loing allant, Prevost de Paris l'an 1509, portoit de Colligny (*de gueulles à une aigle d'argent, becquée, membrée et couronnée d'azur*).

---

[1] Voir plus haut, n° 39.

61. Messire Gabriel Baron, seigneur d'Alaigre, S'-Just, Prevost de Paris l'an 1512, portoit : *de gueulles à la tour d'argent carnellée* (crénelée) *de trois pièces et deux demies, massonné de sable.*

62. Messire Jean de la Barre, chevalier, comte d'Estampes, vicomte de Bridières, baron de Verets et sgr dud. lieu de la Barre [1], Prevost de Paris l'an 1526, portoit : *d'argent fresté de gueulles.*

63. Messire Jean Detouteville, chevalier, sgr de Villebon, Prevost de Paris l'an 1533, portoit : *de Touteville, le lyon brisé d'une croix d'or sur l'espaulle .*

64. Messire Antoine du Prat, chevalier, baron du Thiert, Prevost de Paris l'an 1547, portoit : *d'or à la face de sable, à trois trèfles de synople.*

65. Messire Antoine du Prat, baron et seigneur de Thory, fils dud. Antoine, Prevost de Paris l'an 1553, portoit : *comme son père.*

66. Messire Charles Daulmont, chevalier, baron de Chappes, Prevost de Paris l'an 1589, fils du mareschal Daulmont, portoit : *comme son père (d'argent à un chevron de gueules, accompagné de sept merlettes de même, quatre en chef posées deux dans chaque canton l'une sur l'autre, et trois en pointe, 1 et 2.)*

---

1 Et aussi de Villemartin et du Plessis-les-Tours.

# NOTE

## Sur l'origine des Prévôts de Paris et leurs fonctions.

Le Prévôt de Paris fut le successeur des Vicomtes. *Prevosté et vicomté de Paris est tout un,* dit Loiseau[1]. Il y eut à Paris un autre Prévôt, le Prévôt des Marchands; celui-ci était assisté des échevins et pouvait être assimilé aux maires de certaines villes.

Après la mort sans enfants, arrivée en 1032, du dernier comte de Paris, le Vicomte, *Vice comes,* quitta ce titre qui ne lui convenait plus, et prit celui de Prévôt, *quasi a Rege præpositus jure dicundo.* Il ne reconnaissait de supérieur que le Roi et le Parlement : « Præpositus Parisiensis est major post Principem in villa Parisiensi, et post Dominos Parlamenti Principem repræsentantes, omnesque Baillivos, et Senescallos antecedit[2]; » il précédait tous les Baillis et les Sénéchaux, ce qui n'appartenait pas aux autres Prévôts.

Le Prévôt de Paris était le chef du Châtelet, le premier des tribunaux ordinaires du royaume.

Jusqu'à saint Louis ce siége ne fut occupé que par des personnes distinguées par la naissance et le mérite. C'est sous son règne seulement que l'on commença à *donner à ferme* la Prévôté de Paris, c'est à dire à la vendre, comme cela se pratiquait depuis longtemps par les seigneurs, qui trouvaient ainsi moyen de grossir le revenu de leurs domaines. Les besoins de l'État avaient mis le Conseil du Roi dans le nécessité d'avoir recours à une mesure aussi regrettable. La Prévôté de Paris fut mise aux enchères. Les personnes qualifiées s'en éloignèrent, et elle devint la proie de gens de tous états et sans instruction ; il arriva même qu'on vit plusieurs marchands s'associer pour pouvoir se rendre adjudicataires, et exercer ensuite collectivement les fonctions de Prévôt; c'est ainsi qu'on en vit deux en 1245 et deux autres en 1251.

De grands désordres s'introduisirent dans l'administration de

---

[1] Liv. des Seigneuries, ch. VII, 11.
[2] Carol. Molin. ad styl. Parlament.

la justice. Le Prévôt de Paris était encore à cette époque gouverneur de la Ville, chef de la noblesse, intendant des Armes dans toute l'étendue de la Prévôté, et aussi juge du domaine du Roi. Les frais des poursuites contre les vagabonds étant à la charge du Prévôt et les confiscations profitant à sa ferme, les vagabonds étaient laissés tranquilles et les accusés qui possédaient de grands biens couraient de grands risques. La chronique de Saint-Denis rapporte qu'alors *la Prévosté de Paris estoit si mal administrée (pource qu'elle estoit baillée à ferme à des marchands) que chacun citoyen se retiroit sur les territoires des hauts justiciers Ecclésiastiques, et demeuroit la terre du Roy comme déserte, iusqu'à ce que ce bon Roy reprit la iustice et la bailla en garde à un nommé Boileau, etc.* Cet Étienne Boileau, *bourgeois de Paris, bien renommé de prud'homie,* fut le premier que saint Louis, voulant réformer les abus et nommer directement comme l'avaient fait ses prédécesseurs, choisit pour remplir l'importante fonction de Prévôt de Paris; il le débarrassa de tout ce qui pouvait avoir quelque rapport à la finance, et créa à cet effet un receveur du Domaine, un scelleur[1] et soixante notaires. La Prévôté de Paris remise entre les mains du Roi reprit son ancien lustre. « Nos Rois, dit Delamare en son traité de la Police qui est notre principal guide pour cette notice, nos Rois ne la donnèrent plus qu'en garde pour eux, et ne confièrent ce dépost qu'à des personnes d'un rang et d'un mérite très-distingué. Comme le gouvernement, la police et la justice de cette ville capitale en faisoient alors tout l'employ, il n'y eut point de seigneur qui crust ce poste au dessous de luy. Aussi y vit-on dans la suite

---

[1] Le Châtelet fut la première juridiction qui eut un sceau aux armes du Roi. Ce sceau portait une fleur de lys fleuronnée, dont les trèfles furent changés en deux petites fleurs de lys sous le règne du roi Jean, et un grenetis fut ajouté autour de la légende qui portait ces mots : SIGILLUM PREPOSITURE PARISIENSIS. Ce sceau qui servait anciennement à sceller tous les actes du Châtelet ne servit plus depuis l'édit du mois de juin 1368, que l'on nomma l'édit des petits sceaux, que pour les adjudications par décret et les légalisations, dont il n'avait pas fait mention. On vit dans les derniers temps figurer à droite de la fleur de lys un écusson chargé d'un chevron accompagné en chef de trois têtes d'oiseaux arrachées, et en pointe d'un rameau d'arbre, et à gauche de la fleur de lys une représentation des tours du Châtelet. Les armes figurées par le petit écusson étaient celles d'un scelleur sans doute. L'édit du mois de novembre 1696 rendit uniformes et à trois fleurs de lys tous les sceaux des juridictions royales pour tous les actes soumis au sceau sans distinction, et l'ancien sceau du Prévôt ne servit plus.

des sujets choisis dans les maisons d'Hangest, de Coucy, de
Crevecœur, de Clamecy, de Loré, d'Estouteville, de l'Isle-Adam,
de Coligny, d'Alègre, d'Estampes et de plusieurs autres du
premier rang[1]. Nos Roys voulant estre informez exactement par
ce Magistrat de tout ce qui concernoit leur service ou le bien
public, attachèrent à son office celui de leur Chambellan ordi-
naire, pour avoir accez à toutes heures auprès de leurs personnes. Ils luy donnèrent aussi une compagnie d'ordonnance de
cent hommes entretenus auprès de luy, pour estre toujours en
estat de pourvoir au bien public, et d'exécuter les ordres qu'il
recevoit de la Cour. »

Par deux lettres patentes du 30 mai 1389 et du 21 janvier 1401,
Charles VI donna commission à Guillaume de Tignonville,
chevalier, son conseiller, chambellan et Prévôt de Paris, et l'or-
donna juge et réformateur général pour faire le procès aux mal-
faiteurs qui infestaient alors la plupart des provinces, *leur im-
poser les peines qu'ils méritoient, en quelques lieux du Royaume
qu'ils fussent trouvez.*

Charles VII, par lettres patentes du 3 avril 1437, établit également le seigneur de Loré, son Prévôt de Paris, juge et réformateur général des crimes de lèse majesté et de tous autres
crimes et délits dans toute l'étendue du Royaume; cette commission fut renouvelée à Messire Robert d'Estouteville, Prévôt
de Paris, par lettres patentes du 6 octobre 1447.

Le Prévôt de Paris avait anciennement le Gouvernement de
la Ville, et si l'on voit par commission du 21 juin 1472, le sieur
de Gaucourt nommé Lieutenant Général pour le Roi et Gouverneur de Paris, c'est qu'alors l'ennemi étant arrivé jusqu'à Beau-
vais, le Prévôt, Jacques de Villiers de L'Isle Adam, descendant
de Philippe de Villiers qui livra en 1418 la ville aux Bourgui-
gnons, n'inspirait pas au Roi une confiance suffisante dans sa
fidélité. La commission du sieur de Gaucourt finie, le Prévôt
rentra dans tous ses droits pour le gouvernement de la ville et
le commandement des Armes. Jean de la Barre fut le dernier
qui jouit de cette prérogative; Louis XII avait établi des Gouverneurs dans toutes les provinces et François Ier en établit un

---

[1] Les Rois choisissaient également leur Prévôt en dehors de la noblesse ; on a
vu Étienne Boileau, bourgeois de Paris, je mentionnerai seulement encore Hugues
Aubriot que Charles V anoblit en 1374 pendant sa magistrature.

à Paris et dans l'Ile de France; depuis ce temps il ne resta au Prévôt, du commandement des Armes, que la convocation et la conduite de l'arrière-ban.

« Cette charge, dit toujours Delamare, n'a pas laissé de conserver depuis ce temps un rang très-considérable : celuy qui la possède est toujours le chef de la Noblesse de la première Province du Royaume, le premier Magistrat de la Ville Capitale : il peut en cette qualité présider à son Tribunal, quand bon luy semble : tous les actes qui en sont émanés, soit contentieux, soit volontaires, sont intitulez de son nom et s'exécutent sous son autorité. Il est de ses soins que la Province soit maintenue en paix, que les crimes y soient punis, et que la Justice y soit bien administrée : c'est luy qui reçoit les ordres du Roy pour assembler la Noblesse de l'arrière-ban, et il en a le commandement dans les Armées. Aussi n'a-t-elle jamais esté possédée depuis ce temps, non plus qu'auparavant, que par des sujets très-distingués en naissance et en mérite. « C'est ce que j'ai tenu à montrer dans cette courte notice. Je publiais un Armorial des Prévôts de Paris, il me paraissait utile d'établir l'excellence de leur charge, c'était un complément nécessaire. A ceux qui voudront savoir complètement ce que fut cette très-importante magistrature, je ne puis mieux faire que de les renvoyer à l'ôuvrage de Delamare, presque tout ce que j'ai dit ici en est tiré, son titre : *Traité de la Police* [1] et son format volumineux, 4 vol. in-f°, sont bien certainement la cause qu'il est très-peu consulté et qu'il est même inconnu du plus grand nombre.

On s'étonnera facilement par exemple que M. Desmazes n'ait pas consulté *le Traité de la Police* [2] qu'il ne cite pas une seule fois dans son ouvrage historique sur *Le Châtelet de Paris*, alors qu'on

---

[1] Traité de Police, où l'on trouvera l'histoire de son établissement, les fonctions et les prérogatives de ses magistrats, toutes les lois et tous les règlements qui la concernent; on y a joint une description historique et topographique de Paris et huit plans gravés qui représentent son ancien état et ses divers accroissements, avec un recueil de tous les statuts et règlemens des six corps des marchands et de toutes les Communautez des Arts-et-Métiers. — 4 vol. in f°. — Paris, M.DCC.V.

[2] M. Desmazes a ignoré aussi l'existence des Armoriaux de Jean Le Féron et de ses continuateurs. La liste des Prévôts de Paris, qu'il donne dans son histoire du Châtelet (p. 69 et suiv. de l'éd. de 1870), me paraît en quelques points inexacte ou incomplète ; celles de Jean Le Féron et de ses continuateurs sont aussi à compléter.

sait que *la Police* de cette ville appartenait au Prévôt royal et que le Châtelet était son siége et son tribunal. Le Traité de Delamare pourrait aussi bien être intitulé : Le Châtelet de Paris, son organisation, ses priviléges, ses officiers.

A l'appui de mon observation je pourrais signaler encore une *Histoire de la Gendarmerie*, couronnée à un récent concours, et dont l'auteur n'a pas consulté le traité de la Police, et cependant Delamare y a consacré plusieurs chapitres à faire l'historique des institutions relatives à la sûreté publique depuis les Grecs et les Romains ; il rapporte de nombreux documents, les Capitulaires et les Ordonnances, les Déclarations de nos Rois, les décrets et les règlements relatifs notamment aux Chevaliers du Guet, aux Sergents et à la Maréchaussée.

Le *Traité de la Police* de Delamare est une véritable *Encyclopédie*, pleine d'érudition et de recherches savantes, de citations nombreuses et de précieuses indications sur tous les sujets, histoire proprement dite, religion, mœurs, armée, magistrature, histoire naturelle, physique, chimie, hygiène, etc., etc. Pour rentrer dans notre sujet, je répète que c'est en particulier l'histoire du Châtelet et de la Prévôté de Paris.

Comte LE CLERC DE BUSSY,

Membre-Administrateur de la Société des Études historiques, etc.

*( Extrait de la Revue historique nobiliaire, septembre et octobre 1877 ).*

ANGERS, IMP. P. LACHÉSE, BELLEUVRE ET DOLBEAU. — 1877.

www.ingramcontent.com/pod-product-compliance
Lightning Source LLC
LaVergne TN
LVHW011453170726
843501LV00009B/3389